Título original: *Echte Kerle*

Traducción: Juan Villoro

© 2004, Texto original e ilustraciones: Manuela Olten

© 2004, Bajazzo Verlag, Zürich

Primera edición en lengua castellana para todo el mundo:

© 2005, Abrapalabra editores, S.A. de C.V.

Campeche 429-3, 06140, México, D.F.

www.edicioneserres.com

ISBN: 970-9705-10-5

Niños valientes

Un libro de Manuela Olten

ediciones
SerreS

¡Qué aburridas son

las niñas!

Siempre están peinando a sus muñecas.

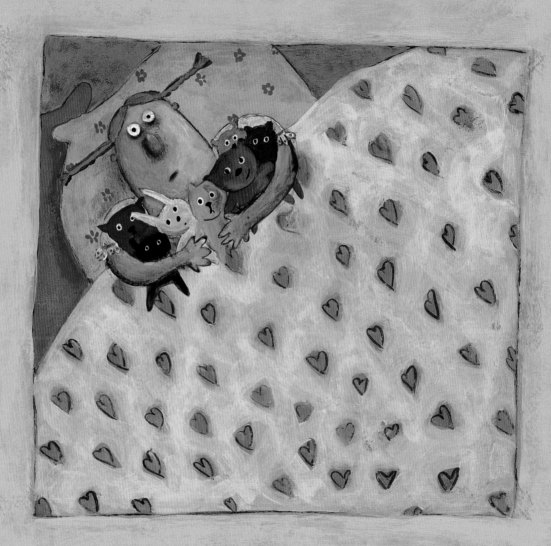

Se llevan sus peluches a la **cama.**

Si no, ¡les da **miedo!**

¡Son unas

gallinas!

¡De noche se hacen pipí en los

¡Noooo! ¡En el camisón!

pantalones!

¡Y también les dan miedo los

fantasmas!

¿Fa-fa-fantasmas?

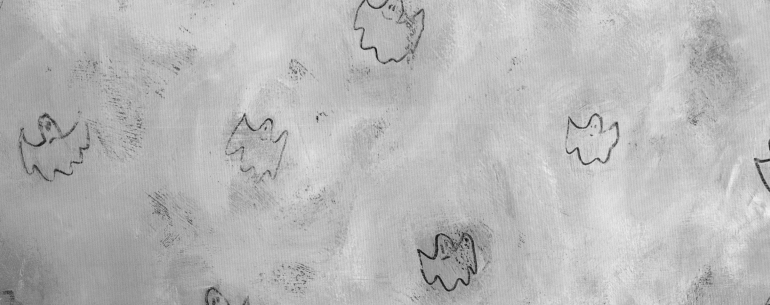

Pero no existen, ¿verdad?

Claro que no.

Para nada.

Tengo que hacer pipí…